PARA LIZ,
MI HERMANA
SECRETA.
C. F.

PARA
WILLIAM Y TILLY.
K. H.

© EDICIONES JAGUAR, 2018. C/ Laurel 23, 1º. 28005 Madrid. www.edicionesjaguar.com • © Texto: Claire Freedman, 2018 • © Ilustraciones: Kate Hindley, 2018 • © Traducción: Merme L'Hade, 2018
*Oliver & Patch and the Little Lost Penguin.* First published in Great Britain in 2018 by Simon and Schuster UK Ltd, 1st Floor, 222 Gray's Inn Road, London WC1X 8HB • A CBS Company.
IBIC: YBC - ISBN: 978-84-16434-97-8

# EL PINGÜINO PERDIDO

## UNA HISTORIA DE ÓLIVER Y PATCH

CLAIRE FREEDMAN Y
KATE HINDLEY

Óliver, Ruby y Patch eran los mejores amigos.
Lo hacían todo juntos.

Se balanceaban alto en los columpios del parque.

Jugaban a los exploradores.

Daban de comer a los pájaros y...

... tomaban helados de vainilla, fresa y menta en su heladería favorita.

PARQUE &
CASA DE FIERAS
·T·I·C·K·E·T·S·

Adultos ... 10
Niños ... 5
Perros pequeños
bien educados... ¡gratis!

ABIERTO
LUNES — SÁBADO
9:00h – 18:00h

ENTRADA

Lo mejor de todo era que les encantaba visitar el zoológico juntos.

–¡Me encantan los leones! ¡GRRRR! –dijo Óliver riendo.

–¡Las suricatas SON preciosas! –sonrió Ruby.

Pero Patch descubrió un pequeño pingüino. Parecía muy triste.

PINGÜINOS "EUDYPTULA MINOR"
DE: Australia Nueva Zelanda
LE GUSTAN: los clupeidae los cefalópodos los crustáceos

–Oh, habéis encontrado a Peep –dijo Sandy, la cuidadora del zoo–.

Es un pingüino rescatado. Acaban de traerlo.

–Debe de echar de menos su antiguo hogar –dijo Óliver.

–También echará de menos a sus anteriores amigos. Pero estoy segura de que se adaptará pronto –dijo Ruby.

Se despidieron del pingüino y partieron a casa.

PINGÜINOS "EUDYPTULA MINOR"
DE: Australia
Nueva Zelanda
LE GUSTAN:
los clupeidae
los cefalópodos
los crustáceos

Al día siguiente Óliver, Ruby y Patch visitaron de nuevo el zoo.
Fueron directos a ver a Peep.

¡Pero no estaba!

Corrieron a buscar a Sandy para avisarla.

—¡Oh, no! Peep debe haberse escapado cuando daba de comer a los pingüinos —dijo Sandy.

–A lo mejor está intentado volver a casa –dijo Ruby.

–Pero la casa de Peep está **muy** lejos –dijo Óliver.

–¡Vamos a ayudarte a encontrarlo, Sandy!

Buscaron por todos los lugares que se les ocurrieron en el zoo. Y nada.

Fueron a la fuente.
Sin suerte.

En la pescadería.
Ni rastro.

Finalmente caminaron despacio a lo largo del canal.

–Aquí solo hay patos –suspiró Ruby.

–Se está haciendo tarde. ¿Qué vamos a hacer?

EL PATO GUARRETE

Y justo entonces Patch empezó a ladrar con entusiasmo, su cola se movía de lado a lado.

–¡PEEP! –gritaron Óliver y Ruby al mismo tiempo.

–¡Tranquilo, Peep! –dijo Ruby acariciando suavemente a la pequeña y esponjosa bola de plumas.

Con cuidado llevaron a Peep de regreso al zoológico. . .

CERRADO

. . . pero las puertas estaban cerradas.

–Podemos llevar a Peep a mi casa –dijo Óliver.

–Pero Peep es amigo de Patch –dijo Ruby–.
Creo que debería quedarse con nosotros.

–¿Por qué no puedo quedarme con Peep? –dijo Óliver–.
¡Tú siempre tienes a Patch!

–¡Pero Patch es MI perro! –respondió Ruby, poco amigable.

Discutieron y discutieron.

—¡**Vale!** —gritó Óliver al fin—. ¡Llévate tú a Peep!
Y se fue enfadado.

–¡ÓLIVER! –le llamó Ruby con lágrimas en los ojos–.
¡ÓLIVER! ¡Vuelve, por favor! ¡Patch y Peep se HAN IDO!

–¡Es mi culpa! –dijo Óliver–. Mis gritos deben haberlos ahuyentado.

–Tal vez Patch ha llevado a casa a Peep –dijo Ruby.

Corrieron a casa de Ruby.

Ni rastro de Patch.
Ni rastro de Peep.

Corrieron al piso de Óliver.
Nada.

Era tan tarde que
lo único que podían hacer era
esperar hasta la mañana
siguiente.
Se desvelaron preocupados y
preguntándose dónde estarían.

Fue una noche muy larga.

A la mañana siguiente, Óliver se despertó muy temprano.

—Ruby, si Patch y Peep no están en mi casa ni en la tuya,

tal vez estén en…

–¡El zoo! –gritó Ruby.

Llegaron justo cuando abrían las puertas para comenzar el día.
Sandy los estaba esperando.

–Sabía que vendríais –dijo–. Mirad quiénes están aquí.

–¡Qué listo eres, Patch! –dijo Ruby orgullosa.

–¡Guau! –ladró Patch, abriendo un ojo soñoliento.

Cuando llegó el momento de llevar a Peep
de regreso a su recinto comenzó a asustarse.

Pero de pronto estaba rodeado de un vendaval de amigables
pingüinos aleteando, muy felices de recibirlo en casa de nuevo.

–¿Ves? –dijo Ruby cogiendo a Óliver del brazo–.
El hogar está donde están tus amigos.

Ahora, ¿quién quiere un helado especial
de fresa, vainilla y menta?